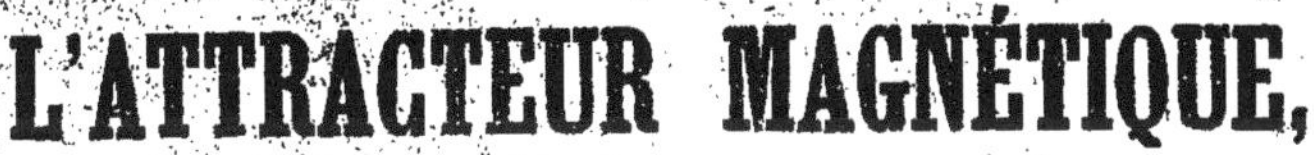

L'ATTRACTEUR MAGNÉTIQUE,

OU

DÉCOUVERTE

D'UNE PROPRIÉTÉ NOUVELLE

ET THÉRAPEUTIQUE

DES CORPS ISOLANTS,

PAR DELAVAULT.

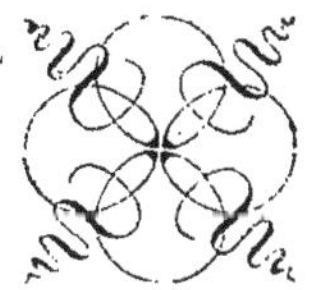

TROYES,

IMPRIMERIE DE E. CAFFÉ, LITHOGRAPHE,

RUE DU TEMPLE, 31.

1853.

L'ATTRACTEUR MAGNÉTIQUE,

OU

DÉCOUVERTE

D'UNE PROPRIÉTÉ NOUVELLE

ET THÉRAPEUTIQUE

DES CORPS ISOLANTS.

L'ATTRACTEUR MAGNÉTIQUE,

OU

DÉCOUVERTE

D'UNE PROPRIÉTÉ NOUVELLE

ET THÉRAPEUTHIQUE

DES CORPS ISOLANTS,

PAR DELAVAULT.

TROYES,
IMPRIMERIE DE E. CAFFÉ, LITHOGRAPHE,
RUE DU TEMPLE, 31.

1853.

INTRODUCTION.

Le Mesmérisme et le Martinisme apparurent presqu'à la même époque dans l'humanité : l'un idéalisait la matière, l'autre exaltait l'être moral.

Il n'entre pas dans notre plan de parler de toutes les doctrines récentes auxquelles ces deux sources ont donné naissance.

La vieille société française, qui avait été tour à tour huguenote ou mazarine au temps de la Fronde, magnifique et adulatrice sous le grand roi, bigote sous Mme de Maintenon, débauchée jusqu'au scandale sous la régence, athée avec Voltaire et démocrate avec Jean-Jacques; cette société, disons-nous, bien que blasée et repue de tout, fit néanmoins bon accueil à ces deux étranges nouveautés, qui s'appelaient le *Magnétisme* et *l'Amour*.

Elle alla plus loin, suivant rigoureusement les lois de cette antique courtoisie que les temps chevaleresques lui avaient léguée en héritage, elle leur donna une hospitalité généreuse, leur assura sa protection en attendant qu'elles eussent mérité ses faveurs.

Tout d'abord, elle écouta avec une dignité noblement dédaigneuse, et sous laquelle perçait bien un peu de raillerie, ces principes vierges et jeunes qui parlaient pour la première fois au monde, puis peu à peu, elle, vieille décrépite, se mit à les aimer avec fureur et enthousiasme; c'est que leur langage imprégné de je ne sais quelle poésie vague, indécise et douce, l'avait passionnée.

Mesmer et son baquet furent bientôt vénérés à l'égal de la piscine de Siloé.

Saint-Martin voyait de son côté ses idées s'étendre au loin, prêchées par des disciples fidèles et fervents...

Mais la révolution grondait déjà dans les profondeurs de l'avenir. Un jour elle éclata.

Nous ne suivrons point les phases diverses de prospérité et de revers de ces deux doctrines, au milieu de cet immense chaos, c'est une tâche que nous déclinons, mais peut-être y reviendrons-nous un jour.

Ce qu'il importe au lecteur, quant à présent, c'est de connaître, nous en sommes certain, à quel propos nous faisons intervenir Mesmer et Saint-Martin dans notre introduction. Que le lecteur ait un peu de patience, nous allons le lui dire.

Mesmer prétendait que les corps célestes, y compris notre globe et ce qu'il renferme, sont plongés de toute éternité dans une étendue indéfinie de fluide.

C'est de l'influence de ce principe mystérieux qu'il fait dépendre l'harmonie éternelle à laquelle les astres demeurent soumis.

C'est lui qui est le ressort de cette réaction réciproque et permanente qu'ils exercent si régulièrement les uns sur les autres, et qui fait notre sécurité.

C'est encore lui qui, esprit tout puissant et secret, rapproche les êtres de même espèce les uns des autres et les y retient dans un état de dépendance sereine et inaltérable, état qui leur est d'autant plus cher à conserver qu'ils ont eu d'abord plus de sacrifices et de travaux à accomplir, pour le posséder.

Tels sont, en peu de mots, les propriétés principales que ce maître donne au fluide. Pour lui, tout est dans cette force invisible ou dans son effet : l'attraction des corps.

Quand nous avons dit plus haut qu'il idéalisait la matière, on voit que nous ne nous sommes point trompé.

Nous allons présentement, pour que notre raisonnement soit plus évident, citer quelques-unes de ses maximes :

« L'instinct est un effet de l'harmonie. La raison
» est factice.

» La vie de l'homme est une partie du mouve-
» ment universel.

» La santé est l'action régulière de la nature (au-
» trement dire du fluide).

» La maladie, c'est cette action entravée.

» Il n'y a qu'une maladie, qu'un remède.

» Ce remède, c'est le fluide transmis au malade
» soit par le contact, soit par des conducteurs. »

D'autre part, Saint-Martin, dont la doctrine était nativement l'ennemie de celle de Mesmer, attribuait à une *cause active* ou *intelligente*, qu'il désignait sous le nom *d'amour*, tout ce que le célèbre docteur allemand faisait découler de l'action du fluide.

L'influence puissante, mais sympathique de certaines natures supérieures sur des natures plus faibles, c'était là, selon lui, un signe non équivoque de l'excellence du principe qu'il préconisait et de sa participation active à tous les phénomènes de la vie.

L'antiquité n'entendait rien à l'allégorie. Jusques-là on avait représenté l'Amour avec un bandeau, mais Saint-Martin prouva, sans réplique, que ce petit espiègle de Dieu n'en avait jamais porté, en le proclamant dictateur perpétuel de notre espèce. Aussi, dans son délire, foudroya-t-il du même coup la Raison, et la Science qui en est le labeur; nia-t-il l'efficacité des cultes religieux, sous prétexte qu'ils étaient trop divers, et déclara-t-il *son Amour* la pierre fondamentale de toute société.

Sa doctrine, qui est comme un reflet affaibli de celle de Manichée, ne soutenait pas que les âmes des hommes sont faites de la même substance que Dieu, mais, comme ce chef de secte, il n'admettait pas non plus que Dieu fût l'auteur du mal.

Etrange contradiction de l'esprit humain! Dieu n'était point le mal, et cependant le philosophe, avant d'usurper le titre auguste de sage, commençait par blasphémer ce Dieu, puis finissait par lancer l'anathème sur la religion, qui est la glorification vivante, éternelle de la Divinité par ses créatures.

En résumé : bien que la doctrine de Saint-Martin embrassât l'aspect moral de la vie et fût en apparence supérieure, sous ce rapport, à celle de Mesmer, qui ne s'occupait que du côté physique, néanmoins nous croyons qu'elles se valaient toutes deux.

C'était le Fatalisme dans toute son épouvantable et

désolante aridité, qui était masqué sous ces deux formes attrayantes ; elles conduisaient l'homme au néant en le faisant passer par la plus dégradante des servitudes, celle des passions qu'elles avaient déchaînées, en les déclarant sous le nom *d'instinct* supérieures à la raison.

Il importe aussi peu à l'homme, à notre avis, de connaître le ternaire sacré de Martin et sa cause *active* et *intelligente*, que de savoir que l'action du fluide Mesmérien ne s'arrête qu'aux extrêmes limites de la création universelle ; mais ce qui lui est essentiel pour accomplir noblement sa tâche en ce monde, c'est de garder sa foi en Dieu, c'est de demeurer convaincu qu'il est bien un de ses enfants, et non le résultat d'un accident matériel.

Nous ne nions pas, loin de là, que le fluide existe, nous ne nions pas davantage l'existence de cet *amour* dont parlait Saint-Martin ; nous croyons même que ces deux formes ne sont qu'une seule et même chose, vue sous chacun de ses aspects particuliers.

Mais ce que nous affirmons, c'est que Mesmer comme Saint-Martin, un peu par orgueil et un peu par la faute de leur époque, ont fait de deux effets, deux causes.

Prouver. que l'harmonie que ces deux hommes

font naître d'une unité aveugle, incompréhensible, résulte d'un ensemble de principes, de forces diverses dans leur essence, et conséquemment dans leurs formes et dans leurs modes; montrer que, quelle qu'elle soit cette harmonie, est un effet de la Providence divine, une preuve nouvelle de sa bonté, de sa sollicitude envers des créatures qu'elle forma de ses mains; lui en reporter et l'hommage et la gloire au lieu de les décerner au hasard ou à la matière ; tel est le but de la première partie de ce livre.

La seconde, traite d'une découverte sur la valeur de laquelle la science se prononcera nécessairement. Au reste, bien que convaincu de tout ces effets thérapeutiques, nous ne demandons autre chose au public, si ce n'est de la traiter selon les bienfaits qu'elle produira ; alors, nos efforts seront suffisamment récompensés.

J.-B. Delavault.

CHAPITRE Ier.

DU FLUIDE VITAL OU UNIVERSEL.

Le fluide vital est un véritable élément, qui, pour être resté jusqu'à nos jours en grande partie ignoré des hommes, n'en est pas moins aussi ancien que le monde.

C'est un océan de lumière invisible, inconnu, inexploré et dans lequel plongent imbibés les mondes matériels. (1) Il n'est ni pesant, ni compressible;

(1) Nous croyons à l'étendue indéfinie du fluide, comme Mesmer; mais nous pensons que les corps célestes, comme tous les corps qui sont doués de mouvement, ont la propriété, selon le dessein de la divinité, et, en vue de la conservation de chacune de ses œuvres, la propriété

ainsi, saturez une bouteille d'eau de ce fluide, avant comme après l'expérience, elle aura toujours conservé le même poids, il n'y a qu'en la goûtant que nous apercevrons qu'elle a changé de nature.

Chez l'homme et chez la plupart des animaux, le cerveau paraît être l'alambic où se prépare et se distille ce fluide. Les nerfs semblent, par leur nature et leur distribution dans l'organisme, son système de circulation.

Source éternelle de fécondité et de vie, toutes les plantes, depuis le plus fragile brin d'herbe, jusqu'au cèdre le plus élevé; depuis le roc le plus dur, jusqu'à l'argile la plus friable; depuis le plus infime insecte, jusqu'au plus monstrueux d'entre les animaux; tout ce qui est à la surface du globe ou dans ses entrailles, êtres animés ou inanimés, contiennent et secrètent ce fluide, selon les facultés particulières à leur organisation.

Newton, l'auteur immortel de la loi de gravitation, a dit que tous les corps étaient lumineux. Nous ajouterons que ces corps ne possèdent cette

---

de modifier le fluide qui les pénètre et les vivifie. Nous ajouterons que ce fluide acquiert, par suite de cette modification, la qualité d'*impénétrabilité*, qualité qui, en même temps qu'elle le différentie dans son essence et dans sa forme, permet à chacun de ces corps d'opérer sans péril leurs révolutions particulières, qualité toute directrice alors, et qui se trouve remplacée, chez l'homme et chez les animaux doués de locomotion, par le sens de la vue ou *du toucher*.

qualité que parce qu'ils contiennent le fluide universel en plus ou moins grande quantité.

Ainsi, les physiciens se demandent encore aujourd'hui si le calorique ne serait pas un *fluide éminemment subtil* composé d'atômes comme les gaz qui sont dans l'air. Tantôt, dans leur incertitude, ils considèrent qu'un corps chaud est un réservoir où une grande quantité de calorique se trouve amassée entre les molécules de ce corps; tantôt ils supposent que ces atômes ignés s'échappent à chaque instant de ce réservoir, et se répandent en rayonnements dans l'espace, selon les lois de la chaleur, et pénètrent les corps en rebondissant contre leur surface.

Tantôt encore ces mêmes atômes d'un corps incandescent exécutent, chacun dans leurs petites sphères, et chose merveilleuse, sans quitter leurs positions respectives, des millions de mouvements imperceptibles et d'autant plus rapides que le corps est plus brûlant.

Quant à nous, nous ne pouvons ajouter foi à toutes ces hypothèses, quelqu'ingénieuses qu'elles paraissent.

Non, nous ne pouvons croire que la nature donne tout exprès, dans cette circonstance, un démenti formel à l'essence même de ses lois générales, la COMBINAISON (1), pour plaire à ces messieurs.

---

(1) Avant que la Chimie, qui est une science positive, n'eût détrôné

Si le calorique n'avait qu'une cause aussi précaire que celle qu'on lui attribue, mais où en serions-nous donc ! Le monde perdrait nécessairement chaque jour de son poids par l'évaporation, par contre-coup les lois de la gravitation se trouveraient affaiblies, puis disparaîtraient tout-à-fait, et bientôt notre chétive planète croûlerait en poussière dans les espaces, dévorée, épuisée par une combustion incessante, inextinguible.

Donc, puisque le calorique, loin de produire de semblables catastrophes, entretient au contraire la fécondité et la vie dans la nature, c'est qu'il n'émane que d'une cause réparatrice et vivificatrice, étrangère à la matière des corps qu'elle pénètre.

Nous en concluons donc, dès à présent, que son principe est le fluide universel, et sa double cause la combinaison de ce même fluide avec la lumière solaire.

Nous allons plus loin.

---

l'alchimie et ne se fût emparée des fourneaux, des cornues et des réactifs de cette dernière, l'homme prenait parfaitement l'eau pour un corps simple, il n'en était rien cependant. Pourquoi donc, puisqu'il y a des combinaisons entre les gaz, les liquides, et en général entre tous les pondérables, n'y en aurait il pas entre les infiniment subtils comme la lumière solaire et le fluide vital ? Serait-ce parce que les instruments et les ingrédients nous manquent pour nous rendre un compte exact du fait, que nous devons le nier ? Tel n'est pas notre avis. Travaillons, et ne doutons jamais de la générosité et de la gratitude de notre auteur.

La chaleur des corps, avec lesquels nous sommes en contact, au lieu de provenir de cinq sources qui sont : le soleil, l'électricité, le centre de la terre, la compression et les frottements, nous paraît devoir se réduire, pour sa production, à deux causes : le fluide vital et la lumière solaire combinés par affinités.

Nous ne nions certes pas que le centre de la terre ne contienne plus de chaleur que ses extrémités, puisque la science prouve, d'une manière incontestable, que cette chaleur augmente environ d'un degré par 30 mètres à mesure que l'on descend dans ses entrailles, mais il est bon aussi de remarquer que cette intensité de chaleur est due bien plus à la nature des corps qui y sont renfermés, et qui pour la plupart sont volcaniques, qu'à toute autre cause.

Que conclure de tout cela, si ce n'est que ces corps contiennent plus de fluide que ceux qui se trouvent à la naissance du sol. Rien ne nous paraît plus raisonnable que cette opinion.

Les frottements et la compression développent aussi la chaleur à un haut degré, mais nous croyons qu'ils ne viennent là qu'en excitateurs, avec un nouvel apport de forces calorifiques, mais non en véritables créateurs, si je puis ainsi parler de la chaleur proprement dite.

Quant à l'électricité, elle est distincte du fluide universel, non-seulement dans sa forme et dans son essence, mais elle en diffère encore par ses modes de propagation, qui paraissent plus énergiques. La meilleure preuve que nous puissions donner à l'appui de notre affirmation, c'est que ces deux fluides ont justement pour conducteurs des éléments parfaitement hétérogènes ; ainsi, l'un, le fluide électrique, sera parfaitement dirigé par l'acier et, en général, tous les métallifères, tandis que l'autre, le fluide universel, préfèrera le verre et les résineux qui sont, comme chacun le sait, de très-mauvais conducteurs du premier fluide.

Ces oppositions, et de caractères et de tendances, ne prouvent cependant pas que ces fluides ne se puissent confondre pour une même fin, qui soit l'électricité, n'est peut-être que le résultat de la combinaison des rayons solaires avec le fluide vital ; ce qui nous porterait à pencher pour cette opinion c'est que le fluide électrique, libre et exposé à l'action des éléments, se propage avec la rapidité de la lumière, et qu'il impressionne énergiquement l'aiguille aimantée dans ses divres déplacements.

Nous n'émettons cette idée qu'avec la plus grande réserve, néanmoins, nous espérons qu'elleacquierra une certaine valeur aux yeux de nos lecteurs, à mesure qu'ils s'identifieront davantage, par l'examen, à la pensée de l'auteur.

CHAPITRE II.

MÊME SUJET.

C'est par le fluide que l'âme est en possession du domaine si vaste et si varié des sensations, et sans la jouissance duquel l'homme se considérerait, avec raison, comme le plus misérable de tous les êtres.

Ainsi, de même qu'il produit le mouvement et les fonctions dans les corps, c'est donc encore par son secours que l'âme indépendante et libre franchit les intervalles les plus reculés et s'élève jusqu'à pénétrer les mystérieuses beautés et les sublimes perfections de l'infini. Oui, nous croyons qu'il est tel. Nous croyons qu'il est l'élément conservateur de toute vie, le monde des âmes, et que c'est par lui que cette étincelle de la divine intelligence est sans cesse en contact avec la création et peut y étudier cette multiplicité d'effets, de métamorphoses, de catastrophes dont elle est sans cesse le théâtre, en démêler les causes, en poursuivre la démonstration, en fixer les lois et l'origine, en prévoir le retour ou déterminer la cessation.

Comme on le voit, si nous attribuons une immense influence au fluide vital, dans la production des phénomênes les plus élevés de la nature, nous ne lui faisons pas une part moins large dans les phénomênes moraux.

C'est qu'il en est, en effet, l'agent le plus actif ; c'est à son aide qu'ils nous sont bien réellement révélés, il est comme la matière qui nous les rend appréciables.

Ainsi, dans le phénomêne de la douleur, le cœur se resserre, les nerfs se rétractilisent sous l'effort de l'âme, le sang reçoit une impulsion désordonnée, fiévreuse. Chez beaucoup d'êtres de notre espèce, la cause cesse en vain, la perturbation ou l'effet lui est toujours supérieure en durée ; il en est même chez lesquels elle ne finit qu'à la mort ; tels sont ceux qui sont atteints de folie, d'aliénation mentale, ou qui dépérissent en langueur, abandonnés de la science, qui les a déclarés incurables.

Dans les cas de cet ordre, il semble que l'âme veuille s'échapper de sa prison, elle fait les efforts les plus énergiques, les plus désespérés pour y parvenir. Comme on sent bien qu'elle est toute la vie dans cette lutte terrible qu'elle soutient contre la douleur?

A chaque secousse qu'elle imprime à la frêle machine, on croit qu'elle va la détruire; mais la Providence n'a pas laissé son œuvre inachevée! Au plus fort de sa révolte, l'âme perd tout-à-coup la disposition de son élément d'action, le fluide; car il se répand et lui échappe.

Alors, le corps tout entier semble brisé, anéanti; le sang, qui n'est plus fécondé par la généreuse influence du fluide, se charge d'éléments morbides et se glace; il devient noir, bourbeux, et perd ainsi toutes ses qualités vitales et artérielles.

Le résultat de pareils accidents, c'est l'épuisement momentané ou éternel des forces, l'engourdissement des parties vives de nous-même et la mort de l'intelligence, quand cela ne va pas plus loin.

Le phénomène de la joie est la contre-partie exacte de celui que nous venons de décrire, bien que les conséquences soient, à peu de chose près, les mêmes.

Dans celui-ci, le cœur, sous l'expansion énergique des nerfs, se dilate outre mesure; les artères s'élargissent pour recevoir cette lave liquide qui tressaille, fermente, elle s'y précipite par une contraction forte, prolongée, en nappes chaudes, abondantes, toute chargée du fluide dont les nerfs la saturent incessamment.

Une ivresse inconnue, folle, inonde l'âme, ruisselle sur les traits du visage, déborde dans les regards et leur donne un aspect sublime.

L'âme s'exalte, s'élève, plane, il semble que pour elle tous liens terrestres soient brisés.

Des mondes nouveaux lui dévoilent leurs splendeurs, elle demeure comme en extase devant tant de magnificence; encore quelques degrés et cette âme est dans le sein du Dieu qui l'a créé et qu'elle contemple!

CHAPITRE III.

MÊME SUJET, DE L'ÉMISSION DU FLUIDE.

Le fluide vital n'est pas unicolore; comme la lumière solaire, il se décompose en sept couleurs.

Ce que nous avançons ici paraîtra peut-être extraordinaire, néanmoins nous n'hésitons pas à affirmer que c'est l'expression même de la vérité, nous dirons plus loin les raisons qui nous ont déterminé à y ajouter foi.

Bien que cet opuscule ne soit que l'exposition de certains principes appuyant notre découverte, et non un cours de magnétisme, nous donnerons une idée de l'émission du fluide dans l'homme, et nous parlerons aussi d'un des effets principaux du sommeil magnétique, c'est-à-dire du somnambulisme.

Sous la pression de la volonté et de l'énergie de l'âme, le fluide s'échappe de nous-même, comme l'électricité se dégage du contact des éléments de la pile.

C'est par les nerfs que s'opère cette émission, nos bras deviennent alors de véritables pôles distribuant le fluide selon la volonté qui le dirige.

Si la volonté est puissante, régulière, le cours du fluide est plein, abondant, régulier ; si elle est vacillante, le fluide suit ces diverses fluctuations.

Quelques auteurs spéciaux ont prétendu que la volonté était presque nulle dans ce phénomène ; nous ne sommes pas de cet avis.

Nous pensons que ceux qui obtiennent des effets magnétiques sans employer autre chose que le contact des pouces ou les passes, s'adressent alors ou à des organismes incomplets ou appauvris.

D'ailleurs, sur vingt sujets que l'on choisira pour faire cette expérience, deux, tout au plus, ressentiront quelques effets si l'on n'emploie pas la volonté ; tandis que la totalité succombera sous l'influence magnétique, si on emploie cette dernière.

Nous l'avons éprouvé nous-même dans mille circonstances qu'il serait trop long de rappeler ici.

Le sommeil magnétique est l'envahissement complet du système nerveux d'un patient, par le fluide du magnétiseur.

L'homme ou la femme qui sont placés dans cet état conservent bien la disposition de leur moi intime, mais ils s'obstineraient en vain dans une lutte avec le magnétiseur, celui-ci finira toujours par triompher.

C'est qu'en effet leur âme ne pouvant plus se servir du fluide nouveau dont elle est environnée, puisqu'il appartient à une autre individualité, se trouve forcément dans la dépendance absolue de celui qui la domine.

Fait-elle produire à un bras un mouvement qui ne plaît pas au magnétiseur, aussitôt celui-ci l'arrête, le paralyse complètement d'un geste, sans qu'il soit possible au magnétisé d'y mettre obstacle et de résister.

Il est donc bien essentiel, quand on magnétise, d'avoir en soi de bonnes pensées, car l'âme du patient lit dans celle du magnétiseur et si elle y distingue quelque chose qui la choque, elle s'oppose, avec vigueur, à l'envahissement du fluide étranger.

Nous pensons que le nom de Dieu dans le cœur et sur les lèvres, pendant la magnétisation, éloigne, dissipe les mauvaises pensées. Ainsi, le soleil dans sa force dissipe les brouillards qui voilent la nature et la dérobent à l'action fécondante de ses rayons généreux.

Malgré la résistance du patient, on peut produire quelques effets, mais ils sont toujours incomplets, ils peuvent même donner lieu aux plus déplorables accidents, tels que la paralysie et la mort.

La lucidité dont jouissent certaines somnambules a paru étonner, au suprême degré, ceux ou qui en ont été les témoins oculaires, ou qui en ont connu les résultats par les journaux ; et souvent on n'a opposé à l'exactitude prodigieuse des descriptions de la magnétisée que la plus aveugle incrédulité.

Cette clairvoyance n'est pourtant nullement miraculeuse en elle-même; loin de là, quand elle ne se produit pas elle a plus lieu de nous étonner, que quand elle existe dans toute sa plénitude. Rappelons-nous, en effet, que le fluide vital est l'élément même de l'âme.

Rappelons-nous surtout que par sa subtilité, puisqu'il est sans pesanteur, il pénètre tous les corps, et nous comprendrons comment, à l'aide de cette masse fluide pure, transparente, l'âme puisse percevoir ce qui se passe aux distances les plus éloignées.

Le magnétiseur Lafontaine raconte qu'il avait une

somnambule des plus illettrées et qui, cependant, mise en rapport avec un malade, découvrait immédiatement dans la nature la plante qui pouvait, sinon le sauver, mais du moins adoucir considérablement ses souffrances; cela n'a rien qui nous surprenne encore une fois, car si la science n'a point appris à la somnambule le nom de la plante, à la simple inspection de la couleur de son fluide, l'âme voit si ce fluide est analogue ou sympathique à celui du malade et alors elle désigne la plante selon son pouvoir.

Ainsi donc, il est bien constant que le fluide est omnicolore, comme la lumière solaire. Nous croyons même que c'est à cette qualité seule que l'on doit attribuer les effets les plus extraordinaires du somnambulisme. Quel autre procédé que celui de la différence des couleurs, l'âme pourrait-elle employer pour se diriger dans de semblables appréciations?

Nous allons citer un fait qui prouvera davantage encore l'exactitude de ces diverses assertions.

CHAPITRE III.

EFFET SOMNAMBULIQUE.

Nous nous trouvions à Lille, en juin 1850, chez un de nos amis, officier au 26e de ligne. Cet ami s'occupait, depuis longues années, de magnétisme.

Un jour, il nous proposa d'assister à une petite soirée dans laquelle il magnétiserait une jeune ouvrière, qu'il nous dit être extrêmement lucide.

C'était un dimanche : nous nous rendîmes à son aimable invitation. Il y avait parmi nous un de nos compatriotes, M. R***, il rédigeait alors le journal l'*Echo du Nord;* je me souviens qu'il était bien le plus mordant, comme le plus spirituel adversaire qu'ait eu le magnétisme.

Quand nous arrivâmes, le magnétiseur projetait les derniers courants de fluide sur la patiente.

Nous nous assîmes, et bientôt chacun de nous lui eut adressé diverses questions auxquelles elle répondit avec une justesse merveilleuse.

M. R*** était le seul qui ne lui eut encore rien demandé. Il s'avança près du fauteuil où elle était assise, et le magnétiseur le mit aussitôt en rapport avec la somnambule, par le contact des mains.

Alors s'établit entre lui et la somnambule le dialoge suivant :

— Me connaissez-vous?

— Non, Monsieur.

— Y a-t-il long-temps que je suis à Lille !

— Il y a six semaines. (C'était exact.)

— Quelle est ma profession ?

— Votre profession?....... Elle chercha quelques minutes, mais le vocabulaire de la pauvre fille était tellement restreint, qu'elle ne put trouver l'épithète exprimant ce que lui demandait son questionneur ; celui-ci lui tenait toujours la main, la somnambule tournait la tête à droite et à gauche comme pour chercher, avec ses yeux fermés, si elle ne découvrirait pas quelque chose qui lui permît de répondre à la question qui lui était posée. Tout-à-coup elle étendit le bras avec énergie vers un meuble qui était à sa droite et sur lequel se trouvait un journal plié. Le magnétiseur comprit, il fut chercher le journal désiré, le remit à la somnambule, elle le prit, et l'ayant appuyé avec force près du cœur, elle dit à M. R***, d'un air triomphant : Monsieur est rédacteur de journal.

Notre journaliste ne s'en tint pas là.

— Voulez-vous venir à Paris, lui dit-il?

— Je le veux bien.

— Partons. Nous passons devant le théâtre, où je devrais bien être, puisqu'il faut que je rende compte demain de ce qui s'y joue aujourd'hui. Voulez-vous y entrer un instant?

— Je veux bien. J'aime tant la musique, dit-elle à mi-voix. Puis elle continua : Comme il y a du monde! c'est beau!....

On jouait, ce jour là, les *Diamants de la Couronne*, il était environ neuf heures du soir.

— La somnambule, après avoir comme écouté, commença l'air de don Henrique quand il a retrouvé le chef des faux monnayeurs à une fête que donne le ministre :

Voilà, je l'avoue,
Un fripon hardi,
Qui de nous se joue
Et nous brave ici.

Tout cela fut dit, chanté avec une expression conforme à celle que nos souvenirs, assez exacts, nous avaient laissé de ce passage.

Certes, jamais la pauvre ouvrière n'avait entendu le joli opéra de MM. Aubert et Scribe.

Le journaliste était émerveillé ; il regarda sa montre et continua.

— Allons à Paris, dit-il à la somnambule, en lui imprimant sa volonté par un serrement de main qui la fit tressaillir......... Nous descendons du chemin de fer, nous prenons l'omnibus les *Hirondelles*, qui est dans cette rue à gauche, nous descendons, le faubourg Saint-Denis. Voyez-vous la Porte-Saint-Denis.

— Je la vois bien.

— Maintenant que nous avons quitté l'omnibus, prenons le boulevard à droite, nous voici près du café de France. Voyez-vous la porte de cette allée.

— Je la vois, elle est en bois dur, peinte en chêne avec une grille à jour dans sa partie supérieure.

— Nous montons cinq étages, vous me suivez?

— Je vous suis, je vois.

— Nous prenons la première porte à gauche. Nous entrons. Qu'y a-t-il dans cette pièce?

— Il y a un petit meuble ressemblant à une commode, mais il est plus haut qu'une commode, je ne sais pas son nom, il a un dessus de marbre. Il y a deux pots de jolies fleurs dessus, ajouta-t-elle avec satisfaction, deux chaises sont placées à côté de lui.

— C'est vrai, nous dit le journaliste.

— Entrons dans l'autre pièce.

— J'y suis déjà, c'est une salle à manger, il y a un buffet en noyer avec une étagère garnie de jolies tasses de porcelaine. Puis une table et des chaises. La table est recouverte d'une toile cirée avec des figures dessus, mais je ne vois pas bien les figures.

— Et la pièce à côté?

— Dans cette pièce, je vois un lit, et à côté du lit, le berceau d'un petit enfant. L'enfant est couché, il dort. Je vois aussi une dame assise près d'un petit meuble, elle brode; il y a une lampe sur le meuble pour éclairer la dame.

— Est-elle jeune, cette dame?

— Oui, elle a 19 ans (c'était vrai), mais, elle s'ennuie, elle vous écrira dans deux jours.

— Vraiment, elle m'écrira ?

— Oui, elle a même l'envie de venir près de vous ; si ce n'était l'enfant qu'elle ne veut laisser à personne, de peur de malheur, et pour qui elle craint la fatigue du voyage, elle y serait déjà.

Notre journaliste était rayonnant de satisfaction. Il embrassa, avec une joie d'enfant, la jeune ouvrière au front.

Puis le magnétiseur, vieux soldat, la conduisit aux Invalides. Elle visita le tombeau de Napoléon Ier. Elle s'agenouilla avec un mélange de candeur et de respect indéfinisssble, devant cette noble poussière, dont elle voyait le sépulcre inachevé.

Des larmes mouillèrent ses yeux. Nous la vîmes se pencher gracieusement pour cueillir des fleurs, puis les placer sur les degrés du tombeau.

Son visage, animé du reflet d'une joie douce et pure, était sublime à contempler ainsi.

Le lendemain, je rencontrai M. R*** à l'hôtel où nous prenions pension, il s'était assuré de l'heure à laquelle l'artiste, chargé du rôle de don Henrique, avait chanté les quatre vers que nous avons cités plus haut. On lui avait indiqué neuf heures. Il était enchanté.

Depuis deux années, nous n'avons revu aucune des honorables personnes qui assistaient à cette petite soirée, mais nous sommes convaincu qu'elles se la rappelleront avec plaisir, si jamais ces lignes leur tombent dans les mains.

Mon ami me dit un jour que la jeune fille lui avait confié, étant dans l'état somnambulique, qu'elle mourrait assassinée et avant peu d'années ; aussi, veillait-il incessamment sur elle avec une vigilance toute paternelle.

Nous souhaitons, de tout notre cœur, qu'il parvienne à annihiler l'effet d'un pronostic aussi redoutable.

CHAPITRE IV.

VISION DU FLUIDE UNIVERSEL.

Un soir, bien après le coucher du soleil, nous avons fermé les yeux, puis nous avons appliqué dessus un épais bandeau de cotonnade rayée rouge et bleu. De cette manière, sans gêner beaucoup l'organe visuel, toute lumière extérieure s'en trouvait entièrement séparée.

Dans cet état, nous avons fait produire aux yeux,

malgré l'abaissement des paupières, un mouvement analogue à celui que l'on fait pour percevoir, et, alors, nous avons vu réellement s'échapper de toutes les parties de notre front, un fluide brillant et doré, puis nous avons en même temps remarqué une sorte de petite fumée blanche et diaphane, monter des parties inférieures de la face vers le sommet de la tête, et finir par se perdre complètement dans l'air. Plus on porte la vision en haut, plus le fluide qui rayonne du front semble vif et brillant. Pendant un grand quart-d'heure que nous sommes resté dans cette position, nous n'avons pas cessé un seul instant de percevoir le dégagement du fluide et l'élévation rapide du petit tourbillon de fumée blanche. Après ce laps de temps, ne voyant nul autre phénomême se produire, nous avons ôté notre bandeau et rouvert les yeux. Ils ne nous ont nullement paru fatigués, au contraire, il nous a semblé que nous découvrions plus exactement les objets qui nous entouraient qu'avant cette expérience.

Seulement, pendant cinq minutes environ, à chaque mouvement de nos paupières, il se dégageait de chaque pointe de l'œil, deux et quelques fois trois cercles d'une vapeur dorée toute semblable au fluide que nous avions aperçu avec le bandeau. Puis ces cercles ont, à chaque nouveau mouvement, diminué de grandeur, et enfin nous n'avons plus rien distingué.

Nous avons transcrit ici la relation de cette expérience parce que c'est en grande partie à elle que nous devons la découverte de l'*Attracteur Magnétique*. En effet, malgré sa singularité, elle seule nous a permis de connaître clairement la nature du fluide vital (1), et nous a ainsi facilité le moyen de le soumettre à une loi désormais fixe et invariable dont nous parlerons dans les chapitres suivants.

(1) Ce fait prouve encore, ainsi que nous le démontrons plus loin, que l'on ne peut avoir une idée du fluide que dans un milieu qui lui soit homogène. Cela se comprend; le fluide n'étant qu'une lumière simple, il est certain que dès le moment où elle se trouve combinée avec la lumière solaire, il nous est alors impossible de la distinguer de celle-ci. C'est donc dans une obscurité parfaite, seule, que peut se répéter cette expérience. Chacun sait, aussi, que les somnambules qui ne voient que par le secours de cette lumière simple, sont très-gênés quand, par hasard, ils ont à traverser un milieu saturé de lumière combinée, aussi leur lucidité est-elle plus vive la nuit que le jour.

CHAPITRE V.

DÉPLACEMENT ACCIDENTEL DU FLUIDE.

Si l'on frappe fortement une terre imbibée d'eau, on voit, aussitôt le coup porté, une multitude de petits jets de ce liquide s'échapper avec une grande vitesse au-dehors, et suivre les diverses directions que leur a imprimé la présence du corps étranger.

Il se passe un fait analogue à celui-ci, quand l'homme se trouve violemment atteint dans les parties avoisinant l'organe de la vue. La contusion n'est pas plutôt reçue qu'il voit jaillir une multitude d'étincelles lumineuses du point de contact. Ce phénomène, que le vulgaire a baptisé du nom de *trente-six chandelles*, diversement interprété par certains auteurs, est resté moins compréhensible que jamais. Nous pensons que ces étincelles ne sont autre chose que des particules de fluide mises en mouvement par la pression subite d'une force accidentelle.

Nous croyons même que c'est à l'absence du fluide rejeté que l'on doit attribuer en grande partie le gonflement des parties atteintes, et non à l'épanchement du sang, non plus qu'à la rupture de fibres sanguines, comme on l'a toujours prétendu.

Nous avons éte à même de vérifier l'exactitude de cette assertion sur nous-même, et nous devons dire que l'application immédiate de l'attracteur magnétique sur la partie atteinte, y a aussitôt éteint toute douleur.

Nous nous sommes aussi fait une coupure à la main, peu profonde, il est vrai, mais qui l'était cependant suffisamment pour nous gêner beaucoup ; sous l'influence puissante de l'*Attracteur*, les chairs ont presque immédiatement repris, et toute douleur a disparu.

CHAPITRE VI.

STRUCTURE DE L'ŒIL.

La lumière descend en droite ligne des astres sur la terre; mais lorsque ces rayons viennent à tomber sur la surface d'un corps transparent, ils se brisent et prennent une nouvelle direction rectiligne.

Ce phénomène de la déviation de la lumière dans l'intérieur des corps, se nomme réfraction.

La physique ayant depuis long-temps donné la

démonstration de cette loi, nous ne nous y arrêterons pas davantage. Seulement, pour l'intelligence de ce qui va suivre, nous allons, pour ceux qui ne se seraient jamais occupés d'anatomie, esquisser brièvement la structure de l'œil.

L'œil est placé dans deux cavités environnées d'os solides.

Si les sourcils qui le couronnent semblent lui servir d'ornement, ils sont encore de la plus grande utilité à cet organe, puisqu'ils empêchent la sueur de s'y épancher et de gêner son action.

L'œil est composé de tuniques superposées l'une sur l'autre; d'humeurs, de muscles et de veines.

La membrane extérieure se nomme *cornée*. Elle renferme toutes les parties qui composent l'œil. Elle est transparente à sa surface et opaque dans tout le reste. La partie transparente garde seule le nom de cornée ; l'autre partie, qui est opaque, prend le nom de *sclérotique*, elle enveloppe les deux tiers à peu près du globe de l'œil. Derrière celle-ci est l'uvée, qui, dans sa partie antérieure, contient la prunelle, entourée elle-même d'une circonférence extérieure noire et bleue, appelée l'iris.

L'enveloppe de l'œil se divise en deux parties, l'une antérieure, qui garde le nom d'uvée, et l'autre postérieure et beaucoup plus allongée, qui prend celui de choroïde ; celle-ci est enduite d'une humeur noirâtre qui remplit une mission importante dans le phénomène de la vision.

La troisième membrane, appelée rétine n'est, ainsi que l'ont démontré un grand nombre d'anatomistes distingués, que l'expansion du nerf optique lui-même, et formant une sorte de diaphragme très-fin, parcouru par un grand nombre de vaisseaux.

L'œil contient trois sortes d'humeurs, l'humeur *aqueuse*, *cristalline*, et l'humeur *vitrée*.

La première est ainsi nommée à cause de sa transparence, elle est renfermée dans deux cavités dont l'une, placée sous la cornée, prend le nom de *chambre antérieure* de l'œil, et l'autre, placée sous l'uvée, se nomme chambre postérieure de l'œil. La deuxième est placée immédiatement sous l'humeur aqueuse, vis-à-vis de la prunelle ; elle affecte une forme lenticulaire. La troisième est placée derrière le cristallin, la masse totale de cette humeur est renfermée dans des capsules qui imitent parfaitement le verre fondu. Six muscles font mouvoir l'œil en tout sens.

CHAPITRE VII.

DE LA VISION.

Si le lecteur a saisi ce que nous venons de dire, il comprendra avec la même facilité le raisonnement qui va suivre.

Selon les auteurs spéciaux, la vision s'obtient de cette manière :

D'abord, les rayons traversent la cornée, c'est-à-dire la partie transparente de l'œil exposée à l'action de la lumière ; ensuite, l'humeur aqueuse, le cristallin puis l'humeur vitrée, et après avoir été suffisamment réfractés dans ces différentes parties, vont peindre sur la rétine l'image des objets extérieurs.

Un exemple démontrera encore plus clairement le phénomène qui fait l'objet de cette théorie.

Si l'on place une lentille de verre au volet d'une *chambre obscure* et qu'on présente un carton en regard de cette lentille, tous les objets du dehors viendront se peindre avec une précision admirable sur le carton.

Si l'on substitue à cette lentille un œil de bœuf *fraîchement dépouillé*, tous les objets viendront se peindre en miniature sur la toile qui recouvre le fond de cet organe.

La structure de l'œil de bœuf étant analogue à celle de nos yeux pour les parties essentielles, voici ce qu'on en déduit : Les humeurs de l'œil, au nombre de trois, sont la lentille de la chambre obscure; la toile ou la rétine en est le carton, et la peau noire qui tapisse le globe de l'œil fait l'office du volet qui écarte le jour.

La prunelle, en se dilatant ou en se contractant, selon que la lumière est plus ou moins vive, modère l'action des rayons sur la rétine, et permet conséquemment à la vision de s'établir.

Telles sont, en peu de mots, les causes que la science indique comme produisant la vision.

Nous n'avons pas la prétention de les affaiblir en rien; seulement, convaincu qu'elles sont incomplètes, nous venons les fortifier d'un auxiliaire.

Que le lecteur se reporte un instant à la vision du fluide tel que nous en avons retracé l'expérience plus haut, et il remarquera :

Que le fluide universel est appréciable à l'organe visuel de l'homme, mais seulement, quand son dégagement s'opère dans un milieu qui lui est homogène, et encore faut-il que ce soit dans les ténebres, car, en plein jour, en face du soleil, il est impossible de rien découvrir.

Or, puisqu'il est constant que ce n'est que par sa qualité lumineuse que nous pouvons avoir idée de son existence, et puisque cette existence semble pour ainsi dire incorporée à notre vie propre, il est donc en nous. S'il est en nous, il doit remplir dans chacun de nos sens une fonction quelconque et de plus analogue à sa nature.

Est-il possible de déterminer clairment cette fonction? c'est ce que nous allons essayer de faire.

Nous nous bornerons à la démontrer dans le phénomêne de la vision, dont le lecteur doit avoir déjà quelque idée, d'après ce que nous en avons dit plus haut.

CHAPITRE VIII.

DOUBLE FONCTION DU CRISTALLIN.

La science, en admettant *de plano* comme base de la vision, l'expansion des rayons solaires et leur réfraction à travers l'appareil visuel, a ce semble, méconnu l'action désorganisatrice de cette lumière sur les corps frappés d'humidité. Nous savons que l'on nous objectera que cette influence est presque nulle sur les êtres vivants, que d'ailleurs, les humeurs de l'œil sont placées là comme autant de modérateurs capables d'annihiler les effets de cette influence.

Ceci, loin de détruire nos doutes, les accroît.

Si la vision est surtout due à la nature essentielle des humeurs de l'œil et à leur convexité, il doit s'ensuivre que l'homme, qui a cet organe parfaitement sain, doit pouvoir fixer le soleil sans inconvénient, car la prunelle qui, au dire de la science, est là pour modérer l'action des rayons solaires sur la rétine, remplira nécessairement, en pareil cas son importante fonction, pour garantir l'organe inondé de lumière.

Eh bien! nous le demandons, malgré l'office ingénieux de la prunelle, est-il possible de soumettre long-temps l'organe visuel à l'action de ce foyer formidable?

Non. Or, puisque cela ne peut se faire sans péril, c'est que la vision a un autre auxiliaire qui participe directement à son existence, et dont les rayons solaires ne font, pour ainsi dire, que de compléter l'ouvrage.

En considérant avec soin l'ordre qu'occupent les diverses humeurs dans l'ensemble interne de l'appareil visuel, on remarque, avec étonnement, placé au centre de ces diverses humeurs, le cristallin avec sa forme lenticulaire.

En raison de sa substance et de sa conformation, cette humeur doit naturellement réunir en un même point les divers rayons de lumière qui viennent le traverser.

Mais est-il vrai que cette lentille n'agisse que sur les rayons solaires? Nous allons démontrer le contraire avec le plus de clarté possible.

L'attracteur magnétique est fait de matière isolante et transparente, et a toute la forme spéciale du cristallin.

Si nous prenons cet instrument, et que nous l'appliquions sur quelque partie de nous-même, aussitôt le fluide vital dont nous sommes pénétré, est attiré au dehors avec force au même instant, il se manifeste un battement violent sous la surface adhérente à la peau. Qu'est ce que-ce phénomêne qui impressionne si vivement le système nerveux ? C'est la combinaison du fluide vital avec la lumière ordinaire qui s'opère.

La constatation de ce phénomêne, que l'on peut vérifier, nous a condnit à ce raisonnement :

Le cristallin remplit, dans la production de la vision, une fonction permanente, et toute semblable à celle qu'indique *l'application* de l'attracteur. Il attire le fluide vital dégagé dans l'humeur vitrée par le nerf optique d'une part, en même temps qu'il appelle de l'autre la présence des rayons solaires.

Cette partie de l'organe est donc véritablement l'intermédiaire qu'il a plu au Créateur d'employer, pour opérer la combinaison de ces deux lumières et par suite, permettre à notre âme *de voir*.

Comment en serait-il autrement ?

Nous pensons que si l'homme et quelques animaux ne peuvent fixer le soleil, cela tient uniquement à ce que, dans ce cas, l'abondance des rayons solaires étant supérieure à celle du fluide vital attirée par le cristallin, il doit en résulter nécessairement une rupture d'équilibre entre ces deux forces.

L'équilibre rompu, il n'est donc plus possible qu'une combinaison régulière s'opère entr'elles, et puisse à son tour produire une vision normale.

Nous ne saurions trop appuyer sur cette démonstration ; pour la rendre encore plus sensible, nous allons prouver que la perturbation produite dans l'organe visuel par un excédant de lumière solaire, peut s'y manifester presque avec les mêmes caractères quand, au lieu de venir de cette lumière, cet excédant vient du fluide vital lui-même.

Si nous plaçons, devant les yeux d'un homme, un verre lenticulaire ayant une certaine convexité, aussitôt cet homme sentira un courant intolérable s'établir du point le plus profond de l'œil et se porter en avant.

Dans ce cas, on dit que ces verres *tirent les yeux*. Cette appréciation n'est pas tout-à-fait exacte, mais il est certain que ce corps, en raison de sa conformation et de sa matière, agit avec tant d'énergie sur le courant de fluide vital émis par le cristallin, qu'il semble à celui qui éprouve cette étrange sensation, que l'organe tout entier soit ébranlé et veuille sortir de l'orbite.

Ainsi, voilà en apparence deux causes bien différentes, et qui pourraient, cependant, produire un état de cécité momentané, ou même définitif, chez ceux qui se plairaient à en renouveler ou à en prolonger les effets trop souvent.

CHAPITRE IX.

DES PAUPIÈRES.

Le nerf optique, d'où se dégage le fluide vital qui, par sa miscibilité, se combine si parfaitement avec la lumière extérieure, n'avait nul besoin de régulateur spécial dans son exercice d'émission. Mais il en fallait un à la lumière solaire, en raison de son abondance et des accidents qu'elle subit. La nature, sage et prévoyante, nous en a doté quand elle nous a donné les paupières.

Ce sont, en effet, des instruments indispensables à la production de la vision. Voici leurs fonctions :

Dès que la quantité de lumière extérieure est suffisante pour que la combinaison entre les deux lumières s'opère, les paupières s'abaissent, et rompent ainsi le faisceau des rayons extérieurs; alors, toute communication entre l'organe et ces rayons est impossible. La combinaison faite, ce qui a lieu en un nombre d'instants très-appréciables, les paupières se relèvent ; les rayons solaires plongent de nouveau dans les profondeurs de l'œil, alors nouvel abaissement des paupières, nouvelle combinaison, et par suite, vision renouvelée. La preuve la plus simple et la plus convaincante que nous puissions donner de cette assertion, c'est qu'il est impossible à qui que ce soit de toujours percevoir, si les paupières restent sans mouvement, c'est-à-dire sans mesurer à l'organe la lumière qui lui est nécessaire pour que la vision s'y renouvelle.

Nous pourrions en dire davantage sur ce point, mais nous pensons qu'il est suffisamment éclairci. Nous passons à un autre.

CHAPITRE X.

DU PRESBYTE ET DU MYOPE.

On attribue le presbytisme au dessèchement des humeurs de l'œil; bien que cette cause puisse y contribuer, nous croyons, surtout, que cet accident provient généralement : de l'applatissement du cristallin, du renflement de ses extrémités, ou encore de la diminution du diamètre du milieu réfringent.

Ce qui nous autorise à penser ainsi, c'est que chez la plupart des presbytes le point de vision est dès l'abord très-exagéré, d'où nous inférons que la vision elle-même doit se ressentir beaucoup de cet état anormal.

En effet, excepté le point de l'œil où la convexité se trouve le plus accusée et où elle est assez complète, sur toutes les autres parties elle est nulle ou confuse. Quand on est dans cet état, on n'a qu'une chose à faire pour remédier à ses inconvénients, c'est de porter des lunettes à verres convexes. Ces verres ravivent le cristallin, agissent sur le courant de fluide vital, accélèrent sa marche, doublent même son émission, et préparent ainsi entre les deux lumières, une combinaison qui ne saurait manquer de ramener une vision régulière.

Si, chez le presbyte, l'émission du fluide est rare à ce point qu'il faille l'activer, chez le myope elle est tellement abondante, qu'il faut la modérer; c'est pourquoi on ordonne aux individus de cette catégorie de porter des lunettes à verres concaves.

Ces verres ont en effet la propriété d'imprimer une sorte de divergence, de refoulement régulier au fluide, et par conséquent d'annihiler l'effet de l'action si fortement émissive du cristallin.

Sous l'influence de ces verres, l'œil morne et submergé du myope s'anime, sa paupière trop lourde s'allégit, la combinaison des deux fluides se rétablit d'une manière régulière, et ses perceptions deviennent alors de la plus parfaite précision.

Si dans cette théorie nous avons omis de parler de l'action de ces différents corps (verres) sur la lumière solaire, c'est que nous avons tranché nettement la question de ce côté, quand nous avons décrit les fonctions des paupières.

Peu importe, en effet, ce que les verres projettent de rayons solaires dans nos yeux, dès l'instant qu'il est admis que les paupières sont là pour leur en mesurer ce qui est nécessaire; n'est-ce pas tout ce qu'il est essentiel que nous sachions? Or, notre but principal en étudiant toutes ces choses, a été de prouver que les verres dont il vient d'être question, agissent sur l'organe visuel ou plutôt sur l'élément qui en est comme la vie cachée, et cela, bien entendu, en raison et de leur nature, et surtout de leur conformation; c'est ce que nous pensons avoir suffisamment démontré.

CHAPITRE XI.

DEUX FAITS IMPORTANTS.

Nous aurions trop à dire si nous voulions rapporter ici toutes les preuves que nous avons recueillies touchant l'existence du fluide. Nous nous bornerons donc à y relater le plus brièvement possible deux faits qui viennent le placer désormais sur les bases inébranlables où repose et trône la science avec tant de majesté et de dédain pour lui.

Le premier démontre jusqu'à la dernière évidence, outre l'efficacité thérapeutique de *l'attracteur magnétique*, que le fluide universel est bien une lumière véritable, puisqu'il suit dans sa propagation les mêmes lois que la lumière solaire. Par contre, le même fait prouve aussi que le même fluide n'est nullement de la nature de l'électricité.

Le second, qui a trait à la force émissive du fluide chez l'homme, prouve que les matières isolantes sont d'excellents conducteurs de ce fluide. L'instrument dont nous nous sommes servi pour mesurer cette force est le Multiplicateur électrique ordinaire. Constatons d'abord, avant toute chose, que la personne sur laquelle nous avons pu vérifier et recueillir le premier fait, est d'une honorabilité inattaquable.

Depuis quinze mois, M. Kottbaur fils, de Troyes, ressentait dans la partie centrale du talon droit, une douleur aggravée encore par un caractère de permanence qui la rendait excessivement insupportable. Les médecins les plus expérimentés avaient, en vain, cherché à le débarrasser d'une compagne aussi incommode; tous leurs soins avaient dû échouer devant sa tenacité. Vers le 8 décembre dernier, je vis M. Kottbaur et lui fis l'application de l'*attracteur magnétique*; à dater de ce jour, la douleur diminua d'intensité puis disparut. Nous sommes au mois de janvier 1853, il y a plus de 20 jours que M. Kottbaur n'a ressenti de malaise dans la partie où était située cette douleur.

La même personne en avait encore une autre derrière le talon, mais à la hauteur du coude-pied; comme la précédente, elle a perdu de son degré de violence à chaque application de l'*attracteur*. Nous espérons l'en débarrasser comme de la première.

Pour appliquer l'attracteur sur cette douleur, nous avions l'habitude de l'envelopper d'un linge en toile blanche.

Un jour, nous remplacâmes ce linge par un morceau de mérinos noir. Alors, il arriva justement ce que nous avions prévu, c'est-à-dire que cette couleur noire arrêta de part et d'autre les deux lumières, et que ne pouvant nécessairement se combiner, M. Kauttbor ne ressentit aucun soulagement.

Lui-même se plaignit à moi en ces termes :

« Habituellement, dès que l'attracteur est ap-
» puyé sur l'endroit douloureux, je n'y sens presque

» plus de mal. Pourquoi aujourd'hui en est-il au-» trement? » Cet aveu, auquel je n'eus l'air d'accorder qu'une demi-attention, et cela à dessein de continuer l'expérience un peu plus de temps, était une révélation importante et qui me combla de joie. Je finis par enlever l'attracteur, M. Kottbaur n'était nullement soulagé.

Au même instant, M. le commis principal de la filature de M. Kottbaur père entra. Je le priai de rester un instant, et ayant jeté l'étoffe noire qui couvrait l'attracteur, je le replaçai dans un chiffon de toile blanche que M. Kottbaur fils me donna lui-même; puis, ayant fait à ce dernier une nouvelle application de l'instrument, la douleur fut calmée en moins de trois minutes.

Ce fait, qui est de la plus grande exactitude, ouvrira-t-il les yeux aux hommes spéciaux et les disposera-t-il à accorder enfin au magnétisme la considération que son importance native aurait dû lui valoir depuis si long-temps dans leur estime? Nous le souhaitons de tout notre cœur, autant dans l'intérêt de la science que dans l'intérêt de l'humanité.

Pour le second fait, nous sommes encore une fois obligés de faire une excursion dans le domaine de la science, non pour nous appuyer de quelques-unes de ces grandes vérités qu'elle nous a si laborieusement révélées et qui sont l'honneur de l'esprit humain; mais pour y attaquer quelques erreurs qui s'y trouvent enracinées et en faire provisoirement justice.

Les matières idio-électriques, disent les auteurs, sont ainsi nommées parce qu'elles sont fort mauvaises conductrices de l'électricité.

Ainsi continuent-ils, si l'on frotte un bâton fait de verre ou de gomme-laque, par une de ses extrémités, il s'y développera de l'électricité; mais cette électricité demeurera au point où elle aura été développée sans qu'il en puisse parvenir aucune partie au point opposé.

Cela est si vrai, ajoutent-ils, que si l'on approche l'extrémité non électrisée du pendule électrique, ce pendule gardera son immobilité ordinaire, tandis que si l'on approche du même instrument l'extrémité où l'électricité aura été développée par frottement, aussitôt ce pendule sera attiré jusqu'au contact.

Nous avons fait cette constatation à dessein; c'est parce qu'elle est un dilemme inflexible dont nous défions les savants de sortir, sans admettre ou que les matières isolantes sont conductrices de l'électricité, comme les métaux, ce qui serait une absurdité, ou, sans reconnaître définitivement l'existence particulière du fluide vital. Ces réserves exprimées, abordons le fait qui en doit préciser la portée.

Disons, d'abord, que l'attracteur magnétique est composé de matières du genre idio-électrique (corps isolants), que sa forme est convexe et toute semblable au cristallin.

Le Multiplicateur électrique ordinaire, enveloppé des circonvolutions de son rhéophore, est l'instrument dont nous nous sommes servi pour cette opération.

En même temps que nous donnions fortement le fluide, nous tenions entre le pouce et l'index l'*attracteur magnétique*.

Dans ces conditions, nous avons présenté l'extrémité libre de l'attracteur au pôle austral du Multiplicateur ; aussitôt l'aiguille aimantée a éprouvé un mouvement de répulsion que nous avons évalué à 45°. Deux fois nous avons répété l'expérience et deux fois le même effet s'est reproduit.

Nous nous sommes arrêtés un instant, puis nous l'avons reprise.

Cette fois, c'est au pôle boréal du Multiplicateur que nous avons présenté l'attracteur ; mais ici, au lieu de la répulsion, c'est l'attraction que nous avons obtenue. Comme dans ces deux expériences, la somme des deux phénomênes se balançait toujours avec une exactitude mathémathique, j'ai cherché à produire un excédent, mais cela m'a été impossible.

Tels sont, en peu de mots, les résultats que nous avons obtenus, en prenant comme conducteur du fluide universel un instrument composé de matières dites isolantes, c'est-à-dire sur lesquels l'électricité ne peut se mouvoir qu'avec la plus grande difficulté.

Nous n'insistons pas davantage sur ce fait, car nous le croyons sans réplique. Que la science en prenne donc son parti et accueille de bonne grâce le nouvel élément dont nous venons de poser ici la loi fondamentale, cette adoption ne peut qu'accroître sa dignité, sa force et ses lumières.

Nous ne sommes nullement magnétiseur, peut-être que des hommes mieux doués, plus puissants ou plus exercés que nous à l'émission du fluide, produiraient une répulsion et une attraction plus prononcée que celle que nous avons obtenue avec le Multiplicateur électrique.

Si cette hypothèse se réalise, avec le secours de cet instrument on pourra donc peser, pour ainsi dire, la force émissive du fluide dans l'homme, apprécier son aptitude à la magnétisation, et, par suite, pénétrer et étudier en lui les forces nerveuses.

Ce sont là deux conséquences fécondes; espérons que la science ne dédaignera pas de les poursuivre.

MOYEN D'APPLICATION DE L'ATTRACTEUR.

L'attracteur est une lentille du verre le plus pur et dont la convexité doit égaler au moins 9 millimètres.

Dans les maux de tête : Il faut l'appliquer au milieu du front et u le cervelet, là surtout où le crâne semble se relier aux parois supe - rieures de cette partie.

Dans les maux de dents : Il faut le placer sur les dents malades et l'y maintenir avec les machoires. Le plus violent mal de dents disparaît de cette manière en quelques minutes.

Dans l'ivresse : Il faut l'appliquer au milieu du front. Aussitôt on sent, sous son action généreuse, les vapeurs gênant les fonctions cérébrales se dissoudre. Mais voici l'inconvénient : l'estomac se contracte et rejette presque aussitôt ce qui l'embarrasse. Il est vrai, qu'une fois ces vomissements arrêtés, l'organisme reprend instantanément son état normal. Le visage seul demeure un peu pâle, mais une promenade dissipe facilement ce reste de malaise.

Pour les rhumatismes, maux de poitrine ou toutes autres affections internes : On doit appliquer l'attracteur à nu; plus son adhésion avec la peau est parfaite, mieux la combinaison s'opère avec rapidité. On peut le tenir indifféremment avec les mains ou l'attacher sur la partie malade, avec une bande de toile blanche.

Nous déclarons, au reste, que l'instrument peut être appliqué sans aucun danger sur toutes les parties du corps.

FIN.

www.ingramcontent.com/pod-product-compliance
Ingram Content Group UK Ltd.
Pitfield, Milton Keynes, MK11 3LW, UK
UKHW020346250726
13967UKWH00005B/2141

9 782013 464147